Louis Joseph Papineau

Histoire de l'insurrection du Canada

Partie 1

Antigonos

Louis Joseph Papineau

Histoire de l'insurrection du Canada
Partie 1

Réimpression inchangée de l'édition originale de 1839.

1ère édition 2024 | ISBN: 978-3-38605-701-1

Antigonos Verlag est une marque de Outlook Verlagsgesellschaft mbH.

Verlag (Éditeur): Outlook Verlag GmbH, Zeilweg 44, 60439 Frankfurt, Deutschland
Vertretungsberechtigt (Représentant autorisé): E. Roepke, Zeilweg 44, 60439 Frankfurt, Deutschland
Druck (Imprimerie): Libri Plureos GmbH, Friedensallee 273, 22763 Hamburg, Deutschland

HISTOIRE

DE

L'INSURRECTION DU CANADA.

PAR

L.-J. PAPINEAU,

Orateur de la ci-devant Chambre d'assemblée
DU BAS-CANADA.

EN REFUTATION DU RAPPORT DE
LORD DURHAM,

PREMIERE PARTIE.

EXTRAITE DE LA REVUE DU PROGRES,
JOURNAL PUBLIÉ À PARIS.

1839.

HISTOIRE

DE

L'Insurrection du Canada.

Le gouvernement anglais pourra peut-être pendant quelque temps encore prolonger son occupation militaire des Canadas. Mais parce qu'il a commencé la guerre civile contre des populations qui ne l'avaient pas provoquée, à qui elle n'avait pas été conseillée, qui ne la voulaient pas au moment où elle a éclaté, il a forfait au droit, et, sans retour, il a perdu la possibilité de les gouverner.

Il y a déjà seize ans, je me plaignais à lord Bathurst, alors ministre pour le département des colonies, et je lui remontrais, avec l'accent d'une douleur vivement sentie, combien était lourd le joug, et humiliante la condition de notre servage colonial. Il en convint, et voici quel fut à peu près son langage. Je rapporte cette conversation, parce qu'elle jette un grand jour sur les vues politiques, les appréhensions et les espérances secrètes de l'Angleterre.

"Je conviens, me dit lord Bathurst, que, pour des possessions continentales où les populations se trouvent doublées en peu d'années, le régime dont vous vous plaignez ne peut être qu'une époque de transition orageuse et d'évolutions maladives, que doivent suivre, pour les peuples qui y sont soumis, des jours sereins, et une organisation normale de la vie politique et de l'indépendance nationale. Je crois même que les temps d'épreuve seront courts pour vous : catholiques français, régis par des Anglais protestants, votre position est forcée, il faut le reconnaître ; elle est contre nature. Vous êtes trop éloignés de l'Angleterre pour la bien apprécier, et trop rapprochés des États-Unis d'Amérique pour n'être pas éblouis par leur trompeuse prospérité. Je ne vous demande donc que vingt-cinq ans de patiente résignation.

" Mais, comme homme d'État, je prévois et prédis, avant la fin de cette période, de grands déchirements entre les diverses parties de la confédération américaine. L'Angleterre serait prête alors à octroyer aux colonies qui leur seraient demeurées fidèles, et leur indépendance et des institutions meilleures que celles qui reposent sur le pacte fédératif. En effet, dégagée de tout contre-poids, la démocratie serait fougueuse et anarchique, tandis qu'elle serait le meilleur des gouvernements possibles, si on la tempérait par une magistrature héréditaire, dont la perpétuité serait assurée, dans son éclat et sa force, au moyen de majorats et de substitutions. Il est bien entendu que le gouvernement anglais doterait de ces majorats les hommes influents comme vous, Monsieur, s'ils voulaient se prêter à une aussi sage combinaison.

" En donnant votre appui à ce plan, et en le faisant accueillir à vos compatriotes, vous hâteriez pour votre pays l'ère du bonheur et de la puissance. On y attirerait les familles riches d'Angleterre qui sont amies des institutions héréditaires, et celles des familles riches des États-Unis, que dégoûte la faible influence que leur laisse l'ascendant démocratique.

" D'un autre côté, vous trouveriez dans les familles influentes, tant de la province que du dehors, les moyens de constituer un gouvernement fort, qui contracterait avec nous une alliance offensive et défensive de la nature de celle qui lie l'Angleterre et le Portugal. Et ainsi vous n'auriez plus rien à craindre des empiétements de vos ambitieux voisins.

"Ils ne sont déjà que trop formidables, et pour peu qu'à leurs ressources vinssent s'ajouter celles des Canadas, ils pourraient bien porter atteinte à la suprématie anglaise sur les mers. Or, si jamais l'Angleterre descendait au rang de puissance du troisième ordre, ce serait un malheur pour l'humanité. Car, avec des institutions aussi parfaites que les siennes et une primauté généralement reconnue, l'Angleterre est sur le continent l'appui de tous les peuples opprimés, et souvent ses représentations ont arrêté les gouvernements absolus dans leurs projets tyranniques.

"Une grande lutte est à la veille de s'engager sur tous les points de l'Europe continentale entre deux principes ennemis. D'une part, l'amour d'une liberté qui pourrait devenir indocile et turbulente chez ces peuples encore peu préparés à la recevoir ; d'autre part, une répugnance calculée chez les rois à concéder des réformes promises par eux au jour des frayeurs que leur a fait éprouver le prisonnier de Sainte-Hélène. Or, l'Angleterre serait la puissance modératrice appelée à empêcher la répétition du spectacle de sang, de despotisme et d'impiété donnée par cette France révolutionnaire, qu'il aurait fallu mettre au ban des peuples si elle n'avait pas accepté la restauration, seul lien de réconciliation, seule garantie de repos, après l'usurpation du trône français par le soldat ambitieux qui s'y était assis.

"Eh bien ! l'exemple des États-Unis est une cause perturbatrice qui fait obstacle à la réalisation de ces plans. Je sais bien que ce sont des enthousiastes, étrangers à la pratique des affaires, qui s'enflamment pour cette démagogie américaine, fabrique de salle sans ciment, destinée à crouler au premier jour, mais enfin leurs écrits font des disciples, ils alimentent les mauvaises passions, ils enrôlent les hommes de néant qui cherchent dans le renversement des ordres supérieurs, rang et fortune. Et je vous avoue que tous ces cris de "gouvernement à bon marché," de souveraineté exclusive du Peuple à l'instar des Américains, nous inquiéteraient fort, si nous ne voyions clairement que, la guerre étant un des instincts malheureusement naturels à l'homme, il y a des causes qui la développeront bientôt aux États-Unis, mettront aux prises les divers partis de la confédération, y constitueront des sociétés distinctes, y créeront des formes variées de gouvernement, et la nécessité, pour les protéger, d'avoir des armées et des institutions plus fortes."

Je répondis à lord Bathurst que mon utopie différait de la sienne, et me paraissait tout à la fois plus désirable et plus réalisable ; que la confédération américaine serait dans l'avenir une et indivisib   qu'elle me paraissait plutôt marcher vers l'aggrégation et la croissance que vers la mutilation et l'impuissance ; qu'au jour de notre indépendance, le droit de commune citoyenneté et de commerce libre entre Québec et la Nouvelle-Orléans, entre la Floride et la Baie d'Hudson, assureraient au Canada une période indéterminée, mais longue, de paix, de conquêtes sur la nature, de progrès dans les sciences morales, politiques et industrielles, avec individualité pour chaque Etat souverain, sous la protection du congrès, qui ne pouvait être tyran, n'ayant ni sujets ni colonies, et ne possédant d'attributions que dans les questions de paix ou de guerre avec l'étranger et de commerce extérieur. J'ajoutai que de tels avantages étaient trop grands et trop manifestes pour que le Canada se laissât enlacer en des alliances offensives et défensive avec l'Angleterre contre l'Amérique ; et que, quant à ce délai de 25 ans fixé par lui, lord Bathurst, il

serait certainement abrégé par les partiali-
tés de la métropole, l'impéritie de ses choix
et les prévarications de ses agents.

Lord Bathurst promit des réformes : aucune n'a été effectuée. Les temps sont accomplis.

Ami intime d'un grand nombre de mes
collègues dans la représentation, honoré de
l'estime et de la confiance de tous, puisque,
pendant vingt ans, ils m'ont porté, souvent
à l'unanimité, toujours à une grande majorité, à la présidence de l'Assemblée, je
suis parfaitement au fait de tout ce qui s'est
passé en Canada jusqu'au moment où les
troubles ont éclaté. Je connais les actes
et dires de vingt-cinq de mes collègues et
de beaucoup de citoyens marquants, dont
les uns ont souffert la mort, dont les autres
ont, comme moi, vu, pour ainsi dire, leur
tête mise à prix, et ont été, comme moi,
traînés en exil sans procès, ou bien détenus,
souvent sans accusation, toujours sans con-
frontation, puis élargis sans procès, quoi
qu'ils provoquassent un jugement par demandes verbales ou écrites, adressées soit
au dictateur ensanglanté Colborne, soit au
dictateur, plus faux et non moins vindica-
tif, Durham. Car tous n'étaient-ils pas
passibles des mêmes peines ? Ils étaient
tous coupables du même crime ! leurs vertus étaient chères à leurs compatriotes, odi-
euses à leurs oppresseurs étrangers ! Eh
bien ! je mets le gouvernement anglais au

défi de me démentir, quand j'affirme qu'aucun de nous n'avait préparé, voulu ou même prévu,la résistance armée. Mais le gouvernement anglais avait résolu de ravir à la Province son revenu, son système représentatif; il avait résolu de nous vouer, les uns à la mort, les autres à l'exil ; et c'est dans ce but qu'il avait proposé de proclamer la loi martiale, et de faire juger les citoyens par des cours martiales pour des actes que, quelques semaines avant, il avait reconnu ne pouvoir donner lieu à aucune accusation, fondant la nécessité de créer des tribunaux militaires sur l'impossibilité d'obtenir des arrêts de mort des tribunaux civils ! Oui, encore une fois, le pouvoir exécutif a mis en œuvre, contre des hommes innocents, en vue de l'intérêt métropolitain mal entendu, des combinaisons inhumaines qu'il avait reconnu lui-même n'avoir pas le droit de se permettre : c'est de lui qu'est venue la provocation.

Aussi, parmi les acteurs de ce drame sanglant, n'y en a-t-il aucun qui se repente d'avoir tenté la résistance ; et parmi leurs concitoyens, il n'y en a pas un sur mille qui leur reproche de l'avoir fait. Seulement, il y a dans l'âme de tous un chagrin profond que cette résistance ait été malheureuse, mais en même temps un grand espoir qu'elle sera reprise et prévaudra.

Ce n'est pas que l'insurrection n'eût été légitime, mais **nous** avions résolu de **n'y** pas recourir encore. C'est ce que nos papiers saisis ont appris à un gouvernement, calomniateur pour être persécuteur.

Et quand je fais cette déclaration, c'est uniquement pour rétablir la vérité historique et nullement pour répudier la responsabilité morale de la résistance à un pouvoir insurgé contre les saints droits de l'humanité, insurgé aussi contre " les droits de naissance inaliénables de sujets anglais," comme disent les jurisconsultes de la Grande-Bretagne, expressions moqueuses à l'égard des colonies et imaginées pour procurer à l'aristocratie anglaise des plaisirs Spartiates, celui, par exemple, de donner la chasse aux ilotes de l'Irlande, aux ilotes des Canadas, aux ilotes de la Jamaïque, aux ilotes de toutes ses possessions extérieures, toutes les fois que les serfs qui les habitent veulent cesser d'être corvéables, taillables, mortaillables à merci et miséricorde.

Je comprends, certes, la sainteté du ministère de l'historien. Bien compris, il exclut tout ce qui n'est pas la vérité. Mais telle est l'impiété de la tyrannie anglaise que, même à l'abri de son influence qui empoisonne, et de ses étreintes qui étouffent, l'historien des Canadas ne peut pas tout dire pendant l'occupation militaire de ces provinces, pillées, incendiées et décimées. Car le pouvoir s'y est livré à de telles orgies qu'il y est ivre. Dites-lui ses crimes : loin d'en sortir, il s'y plonge, et ne surnage que pour passer bientôt de la torpeur à la fureur de l'ivresse, que pour faire tomber ses coups redoublés sur le pays, où il hait partout et partout est haï. Dites-lui les noms des hommes fidèles au culte de la patrie : vous êtes un dénonciateur qui peuplez les cachots, un spectateur féroce qui tenez la main fermée pour que les chrétiens soient jetés aux bêtes.

On ne peut donc citer que des faits et des documents publics, bien connus en Amérique, ignorés, ou qui pis est, dénaturés en Europe. Le gouvernement anglais, en effet, a eu soin de mettre sous les verroux, en même temps que lés éditeurs et imprimeurs, tous les caractères et presses d'imprimerie qu n'étaient pas en vente ; il a acheté tout ce qu'il n'a pas mis sous les verroux; et pour guider sans doute le parlement impérial sur les plans du futur gouvernement du Canada, pour éclairer l'opinion publique anglaise, et, par elle, édifier le monde sur les vertus des gouvernants et l'ingratitude des gouvernés, il a façonné ces matériaux bruts, hommes et types achetés en pages d'histoire contemporaine. Les moyens connus, le but est révélé. Par la presse anglaise, vous n'avez appris que des mensonges officiels.

Ce n'est plus à moi à me porter l'accusateur du gouvernement anglais, comme il a été de mon devoir de le faire pendant trente ans de ma vie publique. Ce gouvernement s'est lui-même confessé coupable dans les cent vingt pages in-folio que vient de publier lord Durham. Corruption systématique, péculats honteux, antipathies contre les peuples, exemples révoltans d'irresponsabilité dans les agents du pouvoir, accaparement du domaine public, rien ne manque à ce tableau des misères du Canada, tableau tellement hideux que son pendant ne pourrait être fourni que par l'histoire d'une autre possession anglaise, l'Irlande.

Et pourtant, l'auteur a uniformément adouci ses formules accusatrices contre l'autorité dont il est l'organe, et à laquelle il veut conserver son sceptre de plomb sur les colonies par de si pitoyables moyens, qu'il s'est perdu de réputation comme homme d'état.

Voulant prouver que sa race favorite, la race saxonne, est seule digne du commandement, lord Durham l'a mensongèrement peinte en beau, et il a assombri par les plus noires couleurs le faux portrait qu'il a tracé des Canadiens français. Mais malgré cette avilissante partialité, je renvoie avec confiance les lecteurs équitables à cet étrange rapport, bien convaincu qu'ils en tireront cette conclusion, que les Canadiens n'ont aucune justice à espérer de l'Angleterre; que pour eux, la soumission serait une flétrissure et un arrêt de mort, l'indépendance, au contraire, un principe de résurrection et de vie. Ce serait plus encore, ce serait une réhabilitation du nom français terriblement compromis en Amérique par la honte du traité de Paris de 1763, par la proscription en masse de plus de vingt mille Acadiens chassés de leurs foyers, enfin, par le sort de six cent mille Canadiens gouvernés depuis quatre-vingts ans avec une injustice incessante, aujourd'hui décimés, demain condamnés à l'infériorité politique, en haine de leur origine française.

Vrai quand il accuse le pouvoir, faux quand il accuse le peuple, le rapport de lord Durham servira aussi à prouver que l'indépendance du Canada est un événement voulu par l'intérêt de l'ancienne comme de la nouvelle France, et par l'intérêt de l'humanité tout entière. C'est pourquoi je donnerai ici un résumé de ce travail, qu'il est d'ailleurs nécessaire de connaître pour apprécier la moralité des faits que j'ai à raconter.

"Pendant longtemps, dit le Rapport, les Canadiens ont été exclus de toute participation au pouvoir, tous les emplois de confiance et de profit ont été l'apanage exclusif d'étrangers d'origine anglaise.

"Jusqu'à une époque récente, cette exclusion était accompagnée d'une insolence qui blessait encore plus un peuple fier que ne le faisait le monopole de la puissance et de la fortune publique.

"Les deux races furent rendues ennemies irréconciliables avant que l'on consentit à offrir aux Français une tardive réparation ; et même alors, le gouvernement n'appela quelques uns d'eux aux emplois qu'à des conditions plus insultantes pour le peuple que ne l'avait été le système d'exclusion.

"Jamais la présente race de Canadiens français n'aura une soumission loyale pour un gouvernement anglais ; jamais la population anglaise ne supportera une chambre d'assemblée à majorité française. Les milices, principal moyen de défense de la province en cas de guerre, ne peuvent plus être appelées ; ce serait armer les ennemis du gouvernement. En 1832, le nombre des émigrants arrivant à Québec fut de 52,000 ; en 1838 de moins de 5,000. Les personnes attachées au gouvernement se croient si peu en sûreté, qu'elles désertent leurs propriétés dans les campagnes pour se réfugier dans les villes. Nulle considération ne peut maîtriser plus longtemps chez les Canadiens un sentiment qui absorbe tous les autres, celui de leur haine contre les Anglais. Pour assouvir leur vergeance et jouir d'un moment de triomphe, ils sont prêts à se soumettre à quelque domination que ce soit, à aider à un ennemi quel qu'il soit. Leurs anciennes antipathies contre les Américains ont cessé. Une armée d'invasion peut compter sur l'entière coopération de toute la population française du Bas-Canada.

" D'un autre côté, toute mesure de clémence ou même de justice pour eux est regardée par la population anglaise avec jalousie : car ils savent qu'étant une minorité, le retour vers les principes constitutionnels les soumettrait à une majorité fançaise, et je suis persuadé qu'ils ne le souffriraient pas paisiblement.

" Mais l'hostilité des races ne suffit pas pour faire connaitre les causes de si grands maux, puisque l'on peut observer les mêmes résultats dans les provinces voisines.— Le Bas-Canada ou même les deux Canadas ne sont pas les seules dans nos colonies où soit engagée la lutte entre le pouvoir exécutif et les corps populaires. Dans le Haut-Canada, avant les dernières élections, les représentants étaient hostiles. Ce n'est que tout récemment que l'on parait avoir calmé les mécontentements les plus sérieux dans le Nouveau-Brunswick et l'île du Prince-Édouard ; le gouvernement est en minorité dans l'assemblée de la Nouvelle-Écosse et les dissentions ne sont pas moins violentes à Terre-Neuve que dans les Canadas. L'état naturel dans toutes ces colonies est celui de collision entre le pouvoir exécutif et les représentants.

" Un tel état de choses indique une déviation de quelque principe constitutionnel. Quand nous examinons le système mis en œuvre dans ces colonies, il semblerait que l'objet de ceux qui l'ont conçu ait été de combiner avec des institutions populaires en apparence une absence complète de tout contrôle de la part du peuple sur les fonctionnaires. Ainsi le système représentatif a été élevé sur la base large et solide de suffrages si nombreux qu'ils équivalent au suffrage universel ; la réunion annuelle des représentans est voulue par des dispositions textuelles, et leurs attributions dans leurs provinces sont presque aussi étendues que celles de la chambre des communes en Angleterre. Mais en même temps la couronne voulait des revenus soustraits à tout contrôle et prétendait conduire le gouvernement à sa guise. Dans le Bas-Canada, du moment, où l'assemblée voulut faire usage de ses pouvoirs, elle se trouva aux prises avec l'exécutif. L'exercice de la liberté des débats dans son enceinte entraina l'emprisonnement de ses membres les plus influents. Bientôt les nécessités du gouvernement le réduisirent à accepter l'offre de l'assemblée d'y subvenir par de nouvelles taxes ; mais pendant plus de 20 ans le controle lui en fut contesté : elle ne l'obtint qu'en 1832.

"Du reste, après cette reconnaissance de son droit, l'assemblée n'a pas été plus respectée qu'auparavant. Elle pouvait faire rejeter les lois, octroyer ou refuser les subsides, mais ne devait avoir aucune influence sur le choix d'un seul des serviteurs de la couronne. Il est même arrivé que le seul fait d'une hostilité connue contre la majorité de la Chambre a porté des personnes d'une incapacité notoire à des postes de profit et d'honneur. Les lois emportées après une longue résistance étaient livrées pour leur exécution à la foi de ceux qui les avaient combattues avec la plus opiniâtre animosité.

" Un gouverneur colonial, arrivant dans un pays qu'il ne connait pas, est obligé de s'en rapporter à ceux qu'il trouve en place. Ils savent toujours le mettre, à son début, en collision avec le pays, et par là le jeter dans leur dépendance.—

fortifié par des liaisons de famille, par l'intérêt commun à tous ceux qui ont ou qui sollicitent des emplois, le parti officiel dans le Bas-Canada forme un corps compact, permanent, affranchi de toute responsabilité, inaltérable, exerçant sur le gouvernement en entier une autorité absolument indépendante du peuple et de ses représentants, et seul ayant les moyens d'exercer une influence sur les décisions du gouvernement en Angleterre et du représentant de la couronne dans la colonie. L'opposition de l'assemblée était le résultat inévitable d'un tel système. Quand tous les autres moyens lui ont manqué de pouvoir influencer les choix ou les mesures du gouvernement colonial, elle a eu recours à cette ULTIMA RATIO du pouvoir représentatif à laquelle les retraites prudentes de la couronne n'ont pas réduit les communes en Angleterre, et pour détraquer la machine d'un tel gouvernement, elle a refusé les subsides.

"Le conseil législatif (la seconde chambre de la législature est ainsi nommée) était composé de manière à n'avoir aucune autorité morale auprès du peuple ou de ses representants, à qui l'on avait prétendu l'opposer comme contre-poids. Sa majorité fut toujours composée de ceux qui conduisaient le département exécutif, et n'était dans le fait qu'une sorte de véto entre les mains des fonctionnaires publics.

"Il est littéralement vrai de dire qu'il n'y a pas dans la province de pouvoir qui dirige les mesures du pouvoir exécutif. Le gouverneur, dit-on, représente le souverain ; mais en réalité, il n'est qu'un employé subordonné, recevant des injonctions d'un secrétaire d'État et responsable vis-à-vis de lui seulement.

"La tendance a été de référer toutes les questions au bureau colonial, où l'on ne pouvait pas avoir les lumières nécessaires pour les bien décider. La colonie, dans tous le moments de crise, dans tous les détails d'administration, a donc éprouvé l'embarras d'avoir ainsi son autorité exécutive fonctionnant, non chez elle, mais de ce côté de l'océan. Les fréquents changements de ministère qui ont eu lieu chez nous, quoi qu'ils n'eussent aucune liaison avec les intérêts coloniaux, n'en ont pas moins déplacé les ministres des colonies si rapidement qu'aucun d'eux n'a eu le temps d'acqué-

rir une connaissance même élémentaire de la situation de
sociétés si nombreuses et hétérogènes. De 1827 à 1838, il y
a eu huit ministres coloniaux,et la politique de chacun de ces
hommes d'État a différé de celle de son prédécesseur. Les
affaires les plus importantes ont été conduites par de secrètes
et mystérieuses correspondances entre le gouverneur et le
secrétaire d'État. Le voile n'était levé que par des désastres
et des faits accomplis, après un long intervalle d'incertitude
et de mal entendu.

"Le premier besoin des peuples est une administration
efficace de la justice. Or, c'est un fait lamentable et qui ne
doit pas être célé, qu'il n'existe pas dans l'esprit du peuple
de cette province le plus léger degré de confiance dans l'administration de la justice criminelle! Quant aux juges de
paix, la charge est impopulaire chez les Canadiens, d'après
la persuasion qu'ils ont très-généralement qu'ils sont nommés dans un esprit de parti et de préférence nationale. Je
suis affligé de remarquer que le gouvernement anglais n'a
rien fait, ni même essayé de faire POUR L'AVANCEMENT DE
L'ÉDUCATION dans la province, depuis qu'il en est en possession. Il a employé partie des biens qui avaient appar-
tenu à l'ordre défunt des Jésuites, et qui étaient consacrés à
l'enseignement, pour subvenir à une espèce de fonds pour
services secrets, et pendant de longues années il a soutenu
une lutte opiniâtre contre l'assemblée, afin de continuer
cette malversation."

En parlant dés colonies où la population
n'est plus mixte mais tout anglaise, celles
de la Nouvelle-Ecosse et du Nouveau-
Brunswick, qui sont l'ancienne Acadie
française et l'île du Prince-Edouard, alors
île Saint-Jean, le rapport continue :

"Leurs ressources amples et variées sont déplorablement
négligées. Leur faible population étale un hideux aspect de
pauvreté, de paresse, de torpeur ; et si quelques portions
sont améliorées, cela est presque toujours dû à quelques capi-
talistes ou cultivateurs venus des Etats-Unis. La Nouvelle-

Écosse offre le spectcale affligeant, dans une grande partie de son étendue, de la moitié des maisons abandonnées, de fermes épuisées et en ruines. Les terres achetées, il y a trente à quarante ans passés, au prix de cinq schellings l'acre, s'y revendent au prix de trois. Faute de capital, les habitants se laissent enlever leurs pêcheries sur leurs côtes, à la porte de leurs demeures, par les Américains. Ces provinces, avec trente millions d'acres en superficie, quoique des plus anciennement établies ont au plus trois cent soixante mille habitants, (elles n'en ont que deux cent soixante-dix mille.)

" Quel contraste sur toute l'étendue des frontières limitrophes !

" Du côté des Américains inédpendants, partout l'aspect d'une industrie productive, de richesses croissantes, d une civilisation progressive : des ports nombreux où se pressent des flottes nombreuses, de grandes et belles maisons, d'immenses magasins et dépots d'effets de commerce, des atteliers, des villages, des villes, de grandes cités surgissant comme par enchantement.

" Du côté des anglais, tout est solitude, tout est désolation.

" Cette pénible, mais incontestable vérité, est apparente sur tous les points d'une frontière de plus de quatre cents lieues.

La différence du prix des terres y est immense, souvent de mille par cent, quelquefois plus. Le prix des terres dans les États de New-York et de Michigan est infiniment plus considérable que celui des terres dans le Haut-Canada. Dans le Vermont et le nouveau Hampshire, il est de cinq dollars l'acre, d'un dollar dans le Bas-Canada.

" L'émigration anglaise, au lieu de se fixer, dans nos colonies, se réfugie en nombre aux États-Unis, et par cette cause le Haut-Canada qui, sans cette retraite, aurait cinq cent mille habitants, n'en compte que quatre cent mille. Il en a été de même des émigrants qui ont mis pied à terre dans la Nouvelle-Ecosse et le nouveau Brunswick; n'y trouvant pas assez d'encouragement, ils ont continué leur marche et se sont rendus aux États-Unis. Baucoup d'anciens colons en font autant. *

" Voilà les résultats lamentables des maux politiques e sociaux qui ont si long-temps fatigué les Canadas ; et à cette heure nous sommes dans la nécessité de prendre des mesures immédiates contre des dangers aussi alarmants que ceux de la rebellion, de l'invasion étrangère et de la dépopulation par la désertion en masse de peuples réduits au désespoir."

Tel est le gouvernement Anglais peint par lui-même. Telle l'esquisse adoucie et flattée de la condition qu'a faite à ces colonies cette aristocratie prétencieuse qui pose devant les nations, et se donne comme un modèle de sagesse et de science, qu'elles doivent étudier et copier pour apprendre à se gouverner. L'une de ses supériorités les plus éminentes, est ce lord Durham qui a signé le rapport qui contient les accusations sanglantes quoiqu'affaiblies qu'on vient de lire: Rien n'est plus propre à faire ressortir combien est artificiel et faux le système social de l'Angleterre, que la réputation de capacité, de lumières et de libéralité qu'a usurpée ce despote ignorant. Ses prétendus rares talents, ses prétendues hautes vertus ont été

---

* Il y en avait au plus trois cent quarante mille quand lord Durham est arrivé au Canada en mai 1838 ; et les fruits de sa folle mission, soutenue par une armée de vingt mille hommes, et une dépense de plus de cent millions de francs depuis le commencement des troubles, ont été de décider déjà cinquante mille de ses habitants à s'expatrier, qui vont donner à la confédération américaine, sans qu'elle ait dépensé un sou pour eux, au quatre de juillet prochain, le nouvel État souverain et indépendant d'Iowa.

le motif qui a réuni en sa faveur tous les partis en Parlement, et lui a fait déférer la dictature, comme s'il n'était pas présumable qu'il pût en abuser.

Et cependant, sous moins d'un mois après s'être saisi avec empressement de cette toute-puissance qui avait troublé de bien plus fortes intelligences, corrompu de bien plus pures vertus que les siennes, il s'était déshonoré par des proscriptions infâmes prononcées sans enquête contre des hommes innocents. Sous deux mois, il était désavoué et censuré par le Parlement; sous trois mois, ce sage envoyé pour apaiser la révolte y tombait lui-même, et avec autant d'étourderie que de pétulance, renvoyait sa commission, désertait son poste, sans l'autorisation du pouvoir qui l'y avait installé ; puis laissait tomber au hasard cette dictature créée pour lui seul, entre les mains du premier soldat de fortune qui, par son grade, se trouverait avoir le commandement en Canada.

Deux traits suffiront pour prouver combien est faible la tête, et mauvais le cœur d'un homme si mensongèrement adulé. Celui qui a pu signer le rapport ci-dessus écrit, a osé dire publiquement à des députations en Canada: "Ce ne seront pas cent ans, ni trois cents ans, ni mille ans qui verront la séparation de ces provinces d'avec la métropole. Elles sont un des plus beaux joyaux de la couronne, elles doivent donc en être une dépendance éternelle, et ce n'est que pour obtenir ce résultat que, revêtu de l'amplitude des pouvoirs propres à l'assurer, j'ai consenti à me déplacer." Fut-il jamais charlatanisme plus éhonté, si lord Durham ne croyait pas à ce qu'il disait?

Si lord Durham était sincère, je le demande, fut-il jamais verbiage plus vide de sens, méconnaissance plus complète des principes les plus incontestés de l'économie politique et des résultats qu'a eus et que doit avoir la séparation des anciennes colonies anglaises de l'Amérique du Nord?

On dit que cette idole de la populace et des grands de l'Angleterre est un homme d'état d'une valeur peu commune. Les feuilles qu'il soudoie, affirment que lui seul est capable de préserver l'Angleterre des sanglantes catastrophes dont elle est menacée. A les entendre, il ne lui faudrait que le pouvoir pour accomplir ce merveilleux tour de force de constituer solidement en Angleterre (et cela du consentement de l'oligarchie la plus altière et la plus forte qui ait jamais pesé sur le monde) la démocratie pure par des parlements triennaux, le suffrage quasi-universel, et le vote par ballot; et d'établir en même temps le despotisme pur dans toutes les colonies anglaises de l'Amérique du Nord (et cela du consentement des colonies chez qui l'on chercherait en vain d'autres éléments sociaux que les principes de l'égalité, et d'autres influences actives que celles de l'exemple et du voisinage des États-Unis d'Amérique).

Où donc cet homme a-t-il mérité d'occuper la première place : dans les conseils de l'Etat ou à Bedlam ?

L'histoire détaillée de la mission de lord Durham, révèlerait un excès à peine croyable de vanité personnelle. Son entourage se composait exclusivement d'hommes pleins de vices et de perversité, mais qui ne lui épargnaient pas la flatterie. Quant aux hommes honnêtes qui, sur la foi des éloges parlementaires, ont voulu l'aborder, l'entretenir d'autres choses que de lui-même, et faire descendre son esprit des hauteurs enivrantes où il se complaisait, sur une terre de larmes et de douleurs, ces hommes ont été indécemment repoussés. Tibère s'était livré aux Séjans.

Même avant son départ de Londres, les vomitoires des prisons étaient l'égoût où le noble lord était allé prendre par la main, pour les élever à son niveau, les faire asseoir à sa table, les installer auprès de sa femme et de ses filles, les initier à ses conseils intimes, deux hommes flétris tous deux par la justice : le premier, pour avoir séduit une enfant et ravi sa fortune, le second, pour avoir suborné la sœur de sa femme, et avoir troqué l'une contre l'autre.

Ces choix ont choqué jusqu'à la moralité, quelque débonnaire qu'elle soit, de la chambre des lords. Que devaient-ils produire sur la société américaine, si morale, si austère ?

La même vanité qui appellait autour de lord Durham ceux qui l'enivrait des fumées du plus grossier encens, le mit aux pieds de certains hommes qui l'avaient outragé avec fureur et dont il voulait à tout prix être loué.

De tous les hommes odieux aux Canadiens, pas un qui le fût à plus juste titre que l'éditeur du journal, le Montreal Herald. Tory fougueux, cet homme, nommé Adam Thom, avait depuis plusieurs années traîné dans la boue le nom de tous les ministres whigs et celui de lord Durham.

Mais, le John-Bull ne suffisant pas à alimenter par ses anecdotes calomnieuses la malignité d'Adam Thom, ses correspondances particulières, réelles ou simulées, étalaient au grand jour les turpitudes, vraies ou fausses de la plupart des hommes marquants dans l'opinion libérale.

A la nouvelle de la nomination de lord Durham, à laquelle des whigs et des radicaux mystifiés applaudirent d'une manière qui paraît si étrange aujourd'hui, ce fut un incroyable débordement d'injures. Les aboiements du Cerbère déchiraient si douloureusement les oreilles de lord Durham, qu'il se hâta de lui jeter le gâteau soporifère. Et quelques semaines après le débarquement pompeux du vice-roi, et parce qu'il l'avait outragé, Adam Thom était son commensal et son conseiller.

Cet homme, qui n'était qu'un partisan passionné, de talents médiocres, journellement excité par l'abus des liqueurs fortes, quand il traitait de la politique anglaise, devenait un fou furieux, quand il parlait des Canadiens français. Exalté par la soif du sang, sa haine alors ne connaissait pas de bornes. Depuis plusieurs années, des outrages contre la nation tout entière et des provocations réitérées à l'assasinat contre les représentants les plus populaires souillaient chaque jour les pages de son journal : on l'avait vu figurer, comme chef de bande, dans plusieurs émeutes qui, depuis quatre années, avaient éclaté dans Montréal : émeutes dirigées par des magistrats anglais contre les citoyens qui, dans les élections ou dans la Chambro des députés, s'étaient mis en opposition avec le pouvoir exécutif. Ces violences furent-elles jamais réprimées ? En rechercha-t-on une seule fois les auteurs ? Non. Les troupes à la disposition des magistrats ensanglantèrent nos villes ; on violenta le cours de la justice pour interdire aux parents des victimes l'exercice du droit sacré de poursuivre le châtiment du crime devant les tribunaux, et l'on s'empara des procédures pour soustraire, par des procès simulés, les coupables à toute condamnation.

Adam Thom avait organisé le Doric-club, société armée dans le but avoué de faire main basse sur les Canadiens français si le gouvernement leur accordait l'objet incessant de leurs demandes : un conseil législatif électif. Cinq mois avant sa promotion aux conseils de Lord Durham, et alors que les prisons s'emplissaient de Canadiens. il écrivait : " La punition des chefs, quelque agréable qu'elle puisse être aux habitants anglais, ne ferait pas une impression aussi profonde et aussi utile sur l'esprit du peuple que la vue de cultivateurs étrangers placés sur l'habitation de chaque agitateur dans chaque paroisse. Le spectacle de la veuve et des enfants étalant leur misère autour des riches demeures dont ils auraient été dépossédés, serait d'un bon effet. Il ne faut pas balancer à exécuter cette mesure. Des commissaires spéciaux doivent être instantanément nommés et chargés de mener à fin le procès de cette fournée de traitres qui est en prison. Il serait ridicule d'engraisser cela tout l'hiver pour le conduire plus tard à la potence."

Tel est au Canada le langage de la presse qui est subventionnée non par des traitements fixes parce que les députés n'en accordent point pour ce genre de services, mais par les honneurs et les charges rétribuées que distribue le gouvernement et auxquels conduisent infailliblement de pareilles diatribes, par les souscriptions des employés anglais et par le monopole des avis ou annonces de l'administration pour contrats et fournitures de toute espèce.

Le même Adam Thom, trois mois avant l'arrivée de lord Durham, poussait des cris de mort contre quatre cents personnes entassées dans un local où deux cents auraient été à l'étroit. Il disait qu'un gouvernement qui ajournait l'instruction de leur procès montrait une coupable hésitation ; que s'il était possible d'imaginer que l'on voulût ravir sa proie au Doric-club, il était assez fort pour se faire justice malgré les murs des prisons et les bayonnettes des soldats; que le Doric-club pouvait punir comme il avait pu protéger ; qu'il n'accordait qu'un court délai après lequel on verrait que ses avis n'étaient pas d'oiseuses menaces.

En effet, l'affreux complot conçu par cet énergumène et ses affidés prit une telle consistance, que les autorités furent obligées de fortifier les prisons par des ouvrages additionnels et de doubler les portes. Voilà le misérable que lord Durham fit asseoir à sa table et siéger dans ses conseils. Ses antécédents étaient connus du Canada tout entier.

En faisant ce choix aussi insensé que dépravé, lord Durham envoyé ostensiblement pour une mission de paix et de conciliation était-il traitre à ses engagements, ou bien n'était-ce qu'un fourbe chargé de continuer le plan commencé l'année précédente, par le gouvernement métropolitain peut-être, par le gouvernement provincial assurément, plan qui consistait à pousser le peuple à quelques écarts pour légitimer les violences commises et faire naître un prétexte aux violences à commettre ?

Du reste, dès avant son départ d'Angleterre, le dictateur s'était si étroitement lié à la faction des vieux ennemis des Canadiens français, par les manœuvres de son neveu, M. Edouard Ellice, son intermédiaire entre eux et lui, qu'à peine arrivé, il s'aboucha tout de suite avec leurs agents, ceux des marchands anglais de Québec et de Montréal qui de tout temps ont affiché une haine indestructible contre le peuple canadien et ses représentants. Ce sont eux qui, dès 1808, avaient arrêté le plan de gouvernement tyrannique dont lord Durham n'a fait qu'adopter la honteuse paternité. En 1822, ils avaient été sur le point d'en surprendre l'approbation en parlement. La résistance imprévue du vertueux sir James MacIntosh fit seule échouer leurs projets.

Dans cette circonstance la démoralisation systématique du gouvernement anglais se dévoila avec plus d'impudeur et de balourdise que jamais.

Un de ses agents, le sous-secrétaire des colonies, s'écria dans la chambre des communes : hâtez-vous, je vous en conjure, d'adopter ce projet de loi avant que les intéressés en aient connaissance, sinon, je vous le prédis, vous serez importunés de leurs plaintes et de leur opposition : nous sommes avertis que la grande majoité d'entre eux le repousserait. "

C'est en effet ce qui arriva l'année suivante. Le projet fut repoussé, et repoussé avec succès par la grande majorité des Canadiens. Désigné pour être porteur des protestations de mes concitoyens, je trouvai, je dois le dire, auprès d'un ministère tory, conservateur et absolutiste, un accueil bienveillant et une honnête déférence.

Le plan dont je parle est aujourd'hui plus odieux, plus universellement réprouvé qu'il ne l'était alors ; et cependant, lord Durham, le pair du peuple, dominé par les intrigants qui avaient trompé lord Bathurst, l'accueille avec faveur et va selon toute apparence l'imposer au ministère whig. Chose peu difficile au reste : car ce ministère, prétendu libéral, réformé et réformateur, a, dans toute sa conduite envers les colonies britanniques, violé audacieusement les plus saintes lois de l'humanité.

Une jeune femme de vingt ans règne sur l'Angleterre. Et c'est sous de pareils auspices que, dans les deux Canadas, cinq cents personnes ont été condamnées à mort par des tribunaux exceptionnels, par des cours martiales ! Ah ! j'ai besoin de croire que, pour obtenir l'approbation de leur souveraine, les ministres ont fait violence aux sentiments de pitié naturels à son sèxe et à son âge ; j'ai besoin de me rappeler que la monarchie, en Angleterre, n'est qu'un instrument entre les mains des nobles, un brillant colifichet qu'à certains jours la main des charlatans fait scintiller aux yeux de la foule.

L'illégalité de l'établissement des cours martiales dans le Bas-Canada était manifeste et avait été proclamée par les juges des tribunaux civils. Mais qu'importent aux oppresseurs le droit, la légalité, la justice ? Les magistrats, coupables d'avoir rempli leur devoir avec courage et loyauté, ont été suspendus de leur fonction. Censurée en Angleterre, par les ministres, cette quasi destitutiion a été maintenue par eux en Canada, et l'on a passé outre à l'exécution des condamnations .

Dans le Bas-Canada, douze malheureux ont subi le dernier supplice . Autant d'assassinats juridiques! Dans le Haut-Canada le nombre des victimes s'élève à plus de trente. Mais ces barbaries, loin de consolider la domination de la farouche puissance qui les ordonna, l'ont, au contraire, rendue à jamais impossible. Elles ont soulevé !'horreur du monde civilisé.

Aux Etats-Unis surtout, l'impression a été profonde ; qu'on en juge par l'extrait suivant de la Revue Démocratique, jour-

nal mensuel, publié à Washington, sous
!a direction et avec le concours des hommes publics les plus influents de l'union. Cet arrêt de proscription, fulminé au vu et su du congrès, dans les premiers jours de mars dernier, contre la domination anglaise en Amérique, a, pour qui en connaît la source, la plus grande portée .

" C'est en vain que le gouvernemeut anglais cherche à justifier les exécutions récentes qui ont ensanglanté les Canadas, par cette raison que des lois les autorisaient. Les lois de l'Angleterre, ses rois les ont souillées par une pénalité atroce décrétée contre toute espèce d'offence. Comme celles de Dracon, elles sont écrites avec du sang. La peine de mort s'y applique à un si grand nombre de délits, et si injustement, que, pour rendre bonne justice, le juge est souvent obligé de torturer le sens de la loi, de la faire taire ou même de la violer ouvertement.

" La loi de haute trahison, prétexte de tant de meurtres juridiques, et qui date du règne d'Edouard III, prononce la peine de mort contre les attentats à la vie du roi. Et, c'est en vertu de cette loi vieille de plusieurs siècles, que l'on punit de mort un crime véritablement imaginaire, puisqu'il ne peut être commis en Amérique. Oui, l'esprit d'assassinat s'est incarné dans l'esprit de la monarchie anglaise.

" Mais ce n'est pas au peuple anglais que nous reprochons ces crimes monstrueux : son influence, quand elle a pu se faire sentir et pénétrer dans la législation britannique a été, comme celle du peuple de tous les pays, humaine, éclairée, protectrice. L'influence de la monarchie fut au contraire invariablement funeste. Et qui pourrait énumérer ces nombreux holocaustes des plus illustres et des meilleurs des fils de la Grande-Bretagne, consommés pour honorer et appaiser son dieu Moloch, sa monarchie.

" Quelle noble armée de martyrs, bientôt rendus au culte dont ils sont dignes, ne composera pas la longue liste de ses héros ! Depuis les Cobhams et les Balls, de l'époque de ces vieilles chroniques, jusqu'aux Russell et aux Sydney, des temps de ces modernes annales, jusqu'aux Emmett et aux Lount, des jours déplorables de son histoire contemporaine ! Hommes sublimes ! dont la réputation croissante brillera bientôt de l'éclat le plus pur, puisque la colère et le dégoût soulèvent enfin cette libre et puissante opinion publique qui va effacer le système qui les immola. L'ineffable sentiment d'horreur et d'indignation qu'ont fait naître ces cruautés dans toute l'étendue, en largeur et en longueur de cette terre de liberté, où l'opinion publique est franche et saine à ce point qu'elle semble parler le langage de la postérité, révèle déjà quels pieux éloges éterniseront la gloire de ces grandes victimes et l'infamie de leurs bourreaux. Qu'ils égorgent donc encore pendant quelques jours. Jamais, non, jamais, ne s'effaceront chez les hommes éclairés la haine et de dégoût que leur ont inspiré contre le gouvernement anglais les meurtres juridiqus qu'il demande contre les infortu, nés Cananeius ; jamais ne s'apaisera l'aversion qu'elle inspire, cette puissance haissable, aussi étangère aux mœurs, aux intérêts, aux sympathies, comme elle l'est à la terre des hommes libres tant qu'elle n'aura pas été rejetée de toute l'étendue, vaste comme elle est, de l'Amérique septentrionale, que sa politipue détestable et féroce a polluée."

Aux désordes dont lord Durham a déroulé l'interminable tableau, aux désordes plus nombreux et plus graves qu'il n'a pas même indiqués, quelle digue prétend-il opposer ? Il signale ce que la liberté a produit de bien chez les Américains indépendants, ce que le despotisme a produit de maux chez les Américains anglais ; il prouve l'impossibilité de la prolongation du gouvernement du Canada par l'Angleterre, et il conclut au maintien de cet état de choses. Quelle fatale inconséquence !

Je montrerai dans un prochain article combien sont injustes les griefs de lord Durham contre le Canada.

C'est pourtant de ces prétendus griefs que découle la grande, la seule mesure de réforme législative que recommande Lord Durham: l'absorption de la population française par la population anglaise au moyen de l'union des deux Canadas. C'est cette mesure qui avait été arrêtée en 1808 par les monopoleurs du commerce des pelleteries au moment où ils perdirent la majorité dont ils avaient disposé jusqu'alors.

Depuis cette époque, et durant trente années, un gouvernement prétendu constitutionnel, s'appuyant sur des minorités, s'est constitué en hostilité permanente contre la majorité des représentants, qui, après les deux dernières élections générales étaient dans l'une des assemblées, de soixante-dix-huit contre huit, et de quatre-vingts contre 10 dans l'autre. Des membres composant ces minorités un seul était né dans la province. Au moment de leurs élections ces majorités avaient reçu de leurs commettants le mandat d'insister sur un changement organique dans les institutions, et de demander que la seconde chambre fut élective. Cette réclamation unanime, lord Durham l'a rejetée avec le même dédain que les tories ses prédécesseurs. Le parlement britannique la repousse également. Ce que vous demandz, dit-il, nous le refusons. Mais nous sommes bienveillants et nous voulons que vous soyez contents de ce que nous déciderons vous convenir. La race saxonne est bien plus propre à gouverner que vous ne pouvez l'être vous-même. Dans le Haut-Canada, elle est criblée de dettes, vous n'en avez point. Eh bien ! nous allons former une grande et belle province qui ne devra plus rien, après le mélange du plein et du vide. Vous aurez alors un vice-roi, et à son titre de reine du royaume-uni de la Grande-Bretagne et d'Irlande, notre gracieuse souveraine ajoutera : et de l'Amérique-Britannique-Septentrionale. Abjurez une étroite nationalité. Revêtez-en une plus grande et plus noble. Quittez votre nom de Canadiens, et prenez celui de Bretons de l'Amérique-Septentrionale !

Hélas ! si notre nom, effacé par acte du parlement, était trop court, celui qui le remplace n'est-il pas trop long ? et celui d'Américains indépendants n'est-il pas dans de plus justes proportions ?

Un récit historique, impartial et succinct, des évènemens qui se sont passés dans mon pays pendant les deux dernières années portera dans tous les esprits cette conviction que ce ne sont pas les statuts anglais qui régleront le prochain avenir du Canada; mais que cet avenir est écrit dans les déclarations des droits de l'homme et dans les constitutions politiques que se sont données

nos bons, sages et heureux voisins, les A-
méricains indépendants.

Ceux-ci savent bien, d'ailleurs, que leur
révolution n'est pas encore entièrement ter-
minée. Dans l'opinion de leurs hommes d'é-
tat, elle ne le sera que le jour où l'Union
n'aura plus pour voisine une puissance qui,
depuis le traité de 1783, n'a cessé, même
en pleine paix, d'intriguer pour amener le
démembrement de la confédération ; puissance inquiète qui a suscité les guerres in-
diennes, les a perfidement alimentées par
des distributions d'armes et de vivres aux
tribus belligérantes ; et s'est maintenue dans
l'occupation violente de certaines portions
du territoire, bien qu'aux termes des traités,
ces portions envahies eussent dû être, long-
temps avant ce jour, restituées aux Américains ! puissance ambitieuse enfin qui ne
conserve plus la possession des Canadas
dans des vues légitimes de commerce et de
colonisation, mais comme un poste militaire
d'où elle se prépare à fondre sur la confédération américaine, pour y porter le trouble
la division et la ruine !

Louis Jos. Papineau.

PARIS, Mai 1839.

FIN DE LA PREMIERE PARTIE